마침표와 되돌이표

시와소금 시인선 158

마침표와 되돌이표

ⓒ이영희, 2023. printed in Seoul, Korea

초판 1쇄 인쇄 2023년 08월 15일
초판 1쇄 발행 2023년 08월 20일

지은이 이영희
펴낸이 임세한
펴낸곳 시와소금
디자인 유재미 정지은

출판등록 2014년 1월 28일 제424호
발행처 강원 춘천시 충혼길20번길 4, 1층 (우24436)
편집・인쇄 서울시 중구 퇴계로50길 43-7 (우04618)
전화 (033)251-1195 / 휴대폰 010-5211-1195
전자주소 sisogum@hanmail.net

ISBN 979-11-6325-064-7 03810
값 12,000원

부산광역시 BUSAN METROPOLITAN CITY 부산문화재단 BUSAN CULTURAL FOUNDATION

・이 시조집은 2023년 부산광역시, 부산문화재단 부산문화예술지원사업으로 발간하였습니다.

시와소금 시인선 · 158

마침표와 되돌이표

이영희 시조집

시와소금

▌이영희

- 경남 양산 출생
- 2016년 《부산시조》 신인상 등단
- 한국시조시인협회
- 부산문인협회
- 부산시조시인협회
- 부산여류문학회 회원

- 전자주소 : yh_0628@hanmail.net

| 시인의 말 |

친구가 생겼습니다
늘 곁에서 함께하는
존재만으로도 행복입니다

제게는 시조가 그렇습니다
해거름 다되어 한 송이 꽃을 피웁니다
아직도 햇볕은 따뜻하여
꽃씨를 여물게 할 것입니다

첫 시조집
설렘의 바람이 붑니다

| 차례 |

| 시인의 말 |

제1부 바위의 눈물

제2부 달항아리

제3부 잘못 든 길

제4부 미용실에서

제5부 바람 지우개(동시조)

제 1 부

바위의 눈물

오뚝이

어깨를 곧게 펴라
흐트러짐 불허한다

오뉴월 염천에도
동지섣달 된바람에도

한순간 쓰러지는 일
주저 없이 다시 선다

바위의 눈물

긴 울음 모이더니 폭포로 생겨났다
통곡이 울려 퍼져 바위가 갈라졌네
깊은 산 쓰린 메아리 누구의 슬픔일까

폭포를 이루고도 다 쏟지 못한 눈물
동굴 속 바위 천장 대롱대롱 매달렸다
산바람 스친 길 따라 종유석에 꽃핀다

천년을 울리는 굳은 바위 그 슬픔이
얼마나 진했으면 색깔색깔 눈물 낼까
농익어 터진 자리에 석수 되어 뚝 뚝 뚝

비밀번호

마음이 어지러운 날

길을 잃은 생각들

입구는 열려 있고

출구는 닫혀있다

비상구 찾지도 않고

빗장 문만 채운다

족집게

피 흘림도 차갑다 포탄 맞은 전장처럼

뒤돌아 숨은 것까지 후벼 파서 꺼내놓고

햇빛도 시원한 물도 접근금지 명령한다

겁 없는 일상인데 간질간질 장난치고

덕지덕지 비비크림 거부 없이 받아먹다

노린내 풍기며 소멸한다 진을 쳤던 주근깨

어떤 마중

사람을 기다린다
노치원 미니버스

사람이 기다린다
유치원 노란 버스

해거름 아파트 정문 앞
색이 다른 기다림

걸어서 가자

새벽녘 푸른 안개 헤집고 뛰지 말고

화려한 꽃동산에 곁눈질하지 말고

파랑새 높은 몸짓에 발돋움도 하지 마라

길섶의 나직한 풀꽃들 눈 맞추며

도란도란 따라 오는 세상 이야기 들으며

함께한 길벗 손잡고 한들한들 걸어가자

실직

쉼 없이 굽실거린다
낮추고 또 낮춘다

꼿꼿한 걸음걸음
속절없이 무너지고

맑은 날
벼락 맞은 큰 나무
권고사직 가장처럼

달동네

씨앗 하나 떠돌다 좁은 틈에 안착합니다
꿋꿋이 일어섰다 가뭄에도 장마에도
바람의 노랫소리에 초록 잎 울창합니다

뙤약볕 몸 태우고 찬바람 몸 낮춥니다
발길에 밟히고 으스러지기도 하지만
오로지 제 꽃 피우고 열매 맺는 풀꽃입니다

라디오

의지와 상관없이
세상을 고자질한다

형체 없는 소리에
웃다가 울기도 한다

비밀은 껍질을 벗고
홀씨 되어 날은다

찔레꽃 필 때

부잣집 모내기 날 삼 남매 잘 먹는 날
언덕배기 점심시간 동네 사람 다모였다
순식간 비워지는 양푼이 빈 수저만 물고 있다

하얀 밥 자식 주고 긴 오후 굶주렸다
축 처진 당신 모습 그래도 웃으셨다
오뉴월 맹물만 마셨던 찔레 같은 울 엄마

청소기

가림 없이 삼킨다
한없이 굶주린 듯

인정사정 하나 없이
사방팔방 끌어 먹고

목까지 차올라 냉정하다
지금부터 금식이다

낙동강 어귀

물길 따라 밀려와 더 밀릴 수 없는 둔치

햇볕도 듬성듬성 바람마저 차가운데

먼 여행 돌고 돌아온 씨앗 하나 머문다

야위어져 작아진 손 서로서로 맞잡고

척박한 늪지 속에 싹틔우는 뿌리 하나

때맞춰 벌 나비 춤사위에 꽃들이 벙근다

도드라질 수 없음을 푸른 잎에 감추고

꽃으로나 잎으로나 굽이굽이 흘러서

낙동강 긴 걸음걸음을 바람이 밀고 간다

다람쥐의 한 수

바람 부는 이른 아침
도토리를 찾는 이들

바람 분다고, 아니야
익어야 떨어지지

다람쥐 눈총 따갑다
제 몫이다 줍지 마라

매조梅鳥

봉긋봉긋 매화나무
꽃가지 허전하다

새 한 마리 와 준다면
딱 좋은 고도린데

어릴 적 고스톱장이 아제
이월이면 생각난다

제 2 부

달항아리

염화미소

불단의 뽀얀 먼지 스님은 간 데 없다

절 가득 맑은 고요 초목들의 독경 소리

장독대 노란 금계국 풍경을 흘린다

한 쌍의 까만 나비 석탑을 돌고 있고

웃자란 대숲은 경배하듯 일렁인다

염불은 멈춘 지 오래인데 부처 미소 끝없다

부부싸움

지난밤 된바람에 뿌리째 흔들렸다

생채기 나뒹구는 시간은 망각 되고

아침 해 시치미 뚝 떼고 말짱하게 웃는다

시어를 낚다

허공 속에 스쳐 가는
새내기 느낌표

신기루를 본 듯이
가슴이 설렌다

인증 샷 꼬랑지 꽉 잡아
재빨리 박제한다

잡아 놓고 고민이다
날아가게 두면 될 걸

날갯짓 그대로다
소리도 하나 없이

그래도 그리움 당긴다
어떤 향기 날릴지

알츠하이머

돌인지 보석인지

앙다문 보자기 하나

깊숙이 간직한 채

수십 년 모셔뒀다

희멀건 기억 언저리

곰삭은 꽃 피었다

달항아리

어쩌다 속이 터져 방치된 토기 한 점

부풀어 못 다문 입 바람이 애무한다

그 사랑 눈물겨워서 터진 입에 꽃 핀다

응급실에서

마침표와 되돌이표 나란히 붙어 있다

지옥과 천당이 한 몸으로 뒹굴고

잘나고 못난 사람도 아무런 의미 없다

처절한 몸부림 속 낮아지는 숨소리

지난날 희로애락 꿈결같이 스쳐 간다

초조한 아픈 기다림 시간을 갉아먹는다

절벽과 소나무

어찌해야 하나 될까
그대는 큰 바위

수만 번 애무하여
외발 하나 내렸다

외 사랑 소나무 한 그루
곡예 하듯 살아간다

양치기 소년

드러누운 병원 침대
괜찮아요 신경성이다

반복되는 칼날 통증
엄살 같아 무덤덤한데

막혔다 스텐트 삽입
마음마저 막힌다

마지막 잎새

메마른 가지 끝에 샛노란 낙엽 한 잎
햇볕에 반짝이며 머리 위에 앉을 때
어머니 무너앉는 부음 은행잎 떨어진다

아흔둘 구부린 생 주마등으로 흐른다
둥지 떠난 자식 걱정에 바리바리 싸주며
자신의 깊은 병 감추고 너 잘되면 괜찮다

그래도 잘 살았다 육 남매 제 몫 했다며
국화꽃 영정사진 환하게 웃으신다
유난히 좋아하시던 꽃 생전에 드릴 걸

새 한 마리

난데없는 새 한 마리

집안에 날아들어

닫힌 창 바라보며

애타게 울고 있다

진작에

문은 열려 있었다

스스로 갇혀 들어

모정

얼룩진 삶의 그늘 더 작아진 어머니

병원에 오지 말라 손사래 치시더니

해 질 녘 기다리신다

아들딸 퇴근 시간

파산 시대

어느 날 공장이 날벼락을 맞았다

한솥밥 나눠 먹고 하나이던 그 사람들

냉정히 두부모 자르듯 재빠르게 떠났다

소낙비 쓸고 간 뒤 햇빛이 찬란하다

눈여겨 쳐다본다 무지개를 본 듯이

스스로 찾아온 그들 세상 참말 우습다

거울

청소하다 무심코 던져버린 장난감

세 살배기 바로 배워 토끼 인형 날아온다

울 손녀 일침을 가한다 '이에는 이' 라는 말

걸레

닦고 또 닦는다

씻고 또 씻는다

이 한 몸 헌신으로

세상이 맑아지니

내 어찌 부끄러우랴

반짝이는 내 이름

제 3 부

잘못 든 길

잡초

무심코 튀어나온 한마디 씨앗 되어

제 길인 양 뻗어 나와 무참하게 밟힌다

스스로 멍이 들고도 줍지 못한 소문들

불면

제 세상 된 적막이 방안 가득 진을 친다

사라진 하얀 잠들 또렷해진 귀와 눈

고개를 곧추세운다 고여 있는 사소함

한낮의 작은 일들 시시콜콜 따져 들고

꼬리를 문 상념들이 괴물 되어 짓누른다

대적할 무기도 없이 험난한 전쟁이다

푸른 안개 속으로 아침이 반짝이면

벽면에 붙었던 잠 햇살에 먹힌다

없었다 아무 일들도 어둠 속 허상일 뿐

숲 이야기

나무는 이야기를

숲속에서 그린다

장마 오면 내보내고

가뭄 들면 끌어안고

때 이른 나뭇잎 한두 장

떨구고 붙이는 일

길

이정표 따라가다
코앞이 장벽이다

아무것도 없었다
안개도 먹구름도

잡념이 막고 있으니
길 없음이 분명하다

새터민

베란다 한쪽에 무심한 화분 하나
아무도 모르게 새싹들이 돋았다
낯설은 방문객 같아 유심히 들여다본다

척박한 땅에서 꼿꼿이 세운 줄기들
햇살 넣은 물 한 바가지 졸졸졸 뿌려준다
어엿한 제 터전 되어 살랑살랑 몸짓한다

문득

해거름 다 되어 긴 걸음 돌아본다

까치발로 달리느라 무던히도 애썼다

반평생 육십 넘은 후반전

지각해도 뛰어볼까

늦깎이

예순 넘은 새내기
시간 맞춰 출퇴근

둔탁한 나무에도
새순이 돋아났다

눈빛은 여름날 햇살 같다
아직도 난 괜찮아

반의 여유

해맑은 예닐곱 개구쟁이 숨바꼭질
하나둘… 아홉에서 몇 초의 여운 남겨
아홉 반 반에서 반의 숫자를 길게 늘인다

순수한 기다림 속 배려가 함께 있고
놀이 속에 지혜로운 따뜻함이 담겨있다
지난날 유년의 시간 어제처럼 생생하다

꿈

긴 시간 까치발로
뜬 세상을 즐겼다

나비 되어 날아갈까
두더지 되어 숨어들까

언제쯤
높은 담 넘을까
마음만 날고 있다

새참

다랑논 다듬는 소 그 울음 길게 울 때
어이 어이 흥겨운 농요 가락 무르익고
강아지 저만치 앞서가고
뒤따르는 아이들

젖먹이 칭얼대면 산들도 허리 펴고
품앗이 모내기에 숨 돌리는 새참 때
배고픈 자식들 다 내어주고
어미는 헛 숟가락질

잘못 든 길

밉다 싫다 되뇌이다
어린 새싹 놓쳤습니다

뜬구름 쫓느라고
만개한 꽃 못 봤습니다

가슴 속 불덩이 품고서
스스로 자멸합니다

어머니

동구 밖 장승처럼 우두커니 기다린다

이제나 오시려나 저제나 오시려나

불안도 시비하다 사라지고

심술도 놀다 간다

개울 건너오시다가 신발 하나 빠뜨렸나

내 임은 아니 오고 땅거미만 밀려온다

재 넘어 시오리 읍내 장

천 리보다 멀어라

석류

숨겨진 그리움에 기다림도 지쳐있다

알알이 새긴 정 더 이상 담지 못해

농익어 터져버린 붉은 가슴

부끄러운 줄 모른다

무단 철거

소꿉친구 어깨동무 다정스런 뒷동산
다소곳이 곧추앉은 엄마 같은 산기슭
나그네 지친 몸 안아주는 반반한 너럭바위

분별없이 쏟아내는 인간들의 검은 욕망
뼈를 깎아 터널 내고 살갗 벗겨 설치 조형
집 잃은 산새 다람쥐 갈 곳 없어 헤맨다

제 4 부

미용실에서

부부

사십여 년 싫다 좋다 아직도 답이 없다

끝없이 반복되는 수수만의 그 무게

한평생 저울질해도 숙제만 쌓여간다

종점 가는 길

길 잃은 멀건 동공 허공에 걸어두고

신기루가 보이는 듯 애틋한 눈빛이다

해맑은 웃음 속으로 아픈 기억 사라진다

한평생 놓지 못한 끈질긴 얼굴들

농익은 긴 세월은 더 이상 썩지 못해

가슴 속 묻어둔 비밀 요양원의 일상이다

그림자 누가 볼까 질주하는 뒷걸음질

안간힘 다 쓰며 움켜잡은 옷자락

석양이 머무는 자리 힘없이 내어준다

돋보기

멈추는 게 아니고 숨 고르기 하는 날

버리는 게 아니라 묻힌 걸 찾는 날

제 모습 제자리에서 돌아보는 그런 날

늙은 친정집

울 밑에 줄지은 푸성귀들 빛을 잃고

감나무 가지에 앉아 재잘재잘 콩새들

안부는 아랑곳없이 먹이 찾기 바쁘다

반쯤 열린 창문으로 엄마 냄새 훑어낸다

그리움도 지쳤는지 먼지도 돌이 되고

장롱 속 쌓아둔 비단 금침 색 바랜 지 오래다

백분율

냄비 가득 버섯탕
첫 수저에 딱 걸렸다

숨어버린 머리카락
여지 없이 당첨이다

일주일 정성 쏟은 로또
번번이 불발이다

석순

절절히 흐른다 끝없는 긴 기다림
애처롭다 그 일념 저 홀로 피고 지고
한없이 탑을 쌓는다 겹겹의 꽃잎으로

햇볕도 바람도 기약 없는 어둠 속에
스스로 발아되어 싹틔우는 고목들
등허리 고추 세우고 외줄 되어 흐른다

채송화

한없이 높은 하늘
바닥 닿은 자존감

나의 노래 타성 되어
들러리 꽃이 된다

뒤뜰의 키 낮은 채송화
나무 아래 혼자 핀다

미용실에서

웃자란 나뭇가지 묵은 잎 솎아낼 때

아줌마 꿀맛 입담 세상이 들썩인다

어때요 마음에 듭니다

웃돈 한 장 더 얹는다

내일

여린 새순 향기 담아

찻잔 속에 띄워 놓고

짙은 잎 살찌워

중작에 올려 두고

못다 딴 짙푸른 잎들

햇살에 말려 둔다

요양원 풍경

떨어진 꽃송이가 동그마니 앉았다
육 남매 지키느라 접히고 삭아지고
빛바랜 사진첩 처녀 고운 미소 덧없다

바람 앞의 등불 같은 기약 없는 나날들
연명 주사 거부하다 눈물 속에 링걸 맞고
다 시든 꽃잎 한두 장 애처롭게 달랑인다

슬픈 그 날

낮은 산 너럭바위
무릎까지 올라 온 개미

몇 번이나 밀었다
아뿔싸 살생했구나

상처 난 개미의 흔적
오늘까지 따라온다

야경꾼

깊게 팬 주름 속에
하루가 묻어있다

발 빠르게 점령한다
울타리 바로 선다

그믐밤 하얀 박꽃 되어
어둠을 밝힌다

공원묘지

솔 향기 그윽이 꿈을 꾸는 진입로

양지바른 산등성 숱한 사연 일렁이고

한세상 뒷이야기들 흔적으로 남아 있다

홀씨 되어 옮겨지듯 바람 속에 실려 갔나

서글픈 발돋움으로 미련 두고 떠난 그들

봉긋이 테 두른 모습 옹기종기 마을 같다

수도승修道僧

잠든 듯이 고요한 산사는 짙푸르다

예리함이 번뜩이는 깊고 푸른 맑은 눈

산천이 스님을 닮았나 바람마저 푸르구나

제 5 부

바람 지우개 (동시조)

음악회

한밤의 노래 향연
코르륵 드르릉 푸

엄마는 소프라노
아빠는 바리톤

천재다
악보도 악기도 없이
잘도 맞는 합창단

청진기

오늘 시험 망쳤다
밀려오는 열등감

괜찮아 어깨 펴라
아무 말 안 했는데

엄마는 청진기같이
속속들이 알아낸다

질문

엄마가 나한테
아빠가 좋아 엄마가 좋아

할머니가 아빠한테
아들 좋아 딸이 좋아

바보다 엄마도 할머니도
답 없는데 왜 묻지

푸른 꿈

뭉게구름 저 속에
손오공 타고 갈까

푸른 산 재 넘어
파랑새 모여 살까

앞마당 복슬강아지
나처럼 궁금할까?

크레파스

내 손에는 빨간색
달콤한 익은 사과

내 짝꿍 초록색은
새콤한 풋사과

똑같은 크레파스로
두 마음 선명하다

새 신발

발걸음도 가볍다
새로 신은 운동화

흙먼지 묻을까 봐
사푼사푼 걷는다

운동장 뜬공 한방에
날아간다 새 신발

미꾸라지

하굣길 학교 정문 앞
학원 차 못 본 척

잽싸게 달려간다
유혹하는 포켓몬 카드

거짓말 한가지 늘었다
학원 차 놓쳤다고

색깔 놀이

기분 좋은 상상은
두근두근 분홍색

힘이 솟는 희망은
씩씩한 초록색

마음속 도깨비들이
색깔 놀이 하는가 봐

우리나라 꽃

매화 피고 벚꽃 필 때
봄 마중 설레인다

멀어도 길 막혀도
신나게 소풍 간다

무궁화 우리나라 꽃
꽃동산 어디 있나

단비

하늘에서 슬피 울며 땅으로 왔어요

산과 들은 파릇파릇 춤추며 반겼어요

내 눈물 단비 되어서 온 천지 꽃 피워요

바람 지우개

하얀 구름 몽실몽실 곰 인형 만들었다

큰 도화지 펼쳐서 스케치하려는데

어느새 사라져 버렸다 바람이 데려갔나?

엄마의 봄

햇볕이 해종일 놀다가는 앞마당
바람의 속삭임에 쑥 냉이 방긋 웃고
웅덩이 개구리 가족 봄맞이가 바쁘다

밭이랑 다듬는 경운기 소리 맞춰
실개천 물소리 노래하며 졸졸졸
어미 닭 따르는 병아리 뒤뚱뒤뚱 쫑쫑쫑

봄

파릇파릇 새싹들이 봄소식 일등 해요

나뭇가지 꽃봉오리 볼그레 날 보래요

일학년 병아리들도 덩달아 으스대요

엄마 이름

아빠는 여보야
내 동생은 엄마야

할머니는 애미야
회사에선 과장님

엄마는 이름이 많아요
우리 엄마 슈퍼맨

| 작품해설 |

풀고 풀어내어 기어이 닿는 그 길은

박 지 현
(시인 · 문학박사)

풀고 풀어내어 기어이 닿는 그 길은

박 지 현
(시인 · 문학박사)

1.

이영희 시인의 작품은 편안하다. 오랜 삶의 여정을 곰삭힌 시간의 모래밭에서 찍어낸 친근하고도 익숙한 발자국과도 같기 때문이다. '친구가 생겼습니다. 늘 곁에서 함께하는 존재만으로도 행복입니다. 제게는 시조가 그렇습니다. 해거름 다되어 한 송이 꽃을 피웁니다. 아직도 햇볕은 따뜻하여 꽃씨를 여물게 할 것입니다. 첫 시조집 설렘의 바람이 붑니다.' 라는 시인의 말에서처럼 부지런히 앞만 보고 열심히 달려온 사람에게서 풍기는 단단한 결과 향취가 난다. 주어진 삶은 누구에게나 현재 진행형이듯 이영희 시인 역시 진행형의 삶을 쉬지 않고 걷고 또 걸어서 지금에 이르렀음을 보여준다. 소박하고 겸손한 시인의 말을 읽으면서 차고 넘치는 것이 결과를 향한 욕망이 아니라 열심히 걷고 뛰어온 발밑을 내려다보는 현재적 작업의 겸손에 있음을 확인한다. 다소 늦게, 아니, 꽤 늦게 시조를 만난 것이 결코 늦은 것이 아니라 살아온 만큼의 길이 함께하고 뒤를 받치고 있음도 확인한다. 단단하고도 영양가 있는 삶이란 누구보다 빠른 발걸음에 있지 않다. 이영희 시조시인의 경우, 땀을 쏟고 애를 써서 잘 버무려내어 겨우내 김장김치를 땅속 깊이 묻어놓은 것만 같은 든든함이 느껴지는 것이 그것을 반증한다. 그간 시인이 살아낸 시간만큼 그 속에 들어찬 수많은 질곡의 시간과 사철 푸른 나무의 날들과 봄날 후드득 흩어져버린 상실의 시간까지 잘 버무려져 있다는 것을 작품을 통해 발견할 수 있다는 것은 참 다행한 일이 아닐 수 없다.

대체로 사람들은 앞을 향해 길을 걷고 있으나 간혹 뒤를 돌아보는 것을 잊지 않는다. 그것도 사람에 따라 다르게 발현되나 때로 그 주변의 여건에 따라 자주 뒤를 돌아볼 때가 있다. 특히 젊은 시절보다 어느 정도의 나이에 접어들었을 때 매우 자연스럽게 뒤를 돌아본다. 이는 누구나 예외 없이 일어나는 자연의 이치처럼 여겨지기도 한다. 사실 그러한 시간이야말로 지금의 '나'를, '자아'를 제대로 확인할 수 있게 하는 것은 아닐까. '너'와 '나' 그리고 '우리는' 현재적 시간을 살고 있으나 늘 미래의 시간을 꿈꾸며 산다. 그것은 매우 타당하고도 자연스러운 것이며 마땅히 그래야 한다. 그것이 주어진 운명이니까. 그것은 미래의 시간을 꿈꾸되 과거를 결코 떨쳐버릴 수 없는 인간의 숙명이기 때문이다.

이영희 시인의 작품들은 대체로 소박하다. 그의 주변적 삶의 풍경 또한 소박하게 펼쳐진다. 시인의 시선을 사로잡는 것들이 그렇다. 삶과 일상을 이루는 것이 누구에게나 공평하고 특별한 것이 없을 것이나 개개인의 성정과 세계관 그리고 서정적 정서의 공감대를 관통하며 합일의 현실을 빚어내는 것은 개별적으로 다를 수밖에 없다. 크게 개인의 삶을 지탱하는 뼈대는 대체로 부모이거나 자식들이거나 그 둘레일 것이다. 각각의 개인별로는 복잡하고 다양하겠지만 어느 정도의 연륜을 가진 입장이 되면 소박하고 단일해진다. 그것 또한 누구에게 공평하게 주어지는데 이영희 시인의 작품을 읽으면서 더욱 그렇다는 것을 알게 된다. 이 시조집은 그의 삶이 온축된 첫 작품집이기 때문에 더욱 극명하게 드러난다는 것을 파악한다.

2.

일상은 누구에게나 매우 반복적인 기능의 가동을 전제로 펼쳐지거나 확장한다. 그러므로 진작 익숙한 것에도 전혀 낯섦의 대상으로 다가올 때가 있다. 그것은 때때로 자주 그러하며 남다른 발견으로 이어지기도 한다. 식구처럼 생활하는 한 공간에서 오랜 날 각자의 자리에서 존재감을 가졌다면 더욱 그러할 것이다. 그것이 생명을 가졌든 그렇지 않든 그 무게는 크게 차이가 나지 않을 수도 있다. 하지만 생명을 가진 것에서는 당연히 또 다른 넓이와 무게와 크기를 차지할 것임은 분명하다. 아래의 작품들은 이러한 것을 잘 보여주고 있다.

베란다 한쪽에 무심한 화분 하나
아무도 모르게 새싹들이 돋았다
낯 설은 방문객 같아 유심히 들여다본다

척박한 땅에서 꼿꼿이 세운 줄기들
햇살 넣은 물 한 바가지 졸졸졸 뿌려준다
어엿한 제 터전 되어 살랑살랑 몸짓한다

— 「새터민」 전문

무심코 튀어나온 한마디 씨앗 되어

제 길인 양 뻗어 나와 무참하게 밟힌다

스스로 멍이 들고도 줍지 못한 소문들

—「잡초」 전문

멈추는 게 아니고 숨 고르기 하는 날

버리는 게 아니라 묻힌 걸 찾는 날

제 모습 제자리에서 돌아보는 그런 날

—「돋보기」 전문

시적 자아는 부지런한 삶을 살고 있음을 작품을 통해 알 수 있다. 잠시도 쉬지 않고 이것도 저것도 놓치지 않고 참견하는 모습을 보여주고 있다. 적어도 작품 속에서 드러난 삶의 방향은 정적이면서 매우 유동적이다. 그뿐만 아니라 당장 주어진

일을 하는 것에만 머물러 있지 않고 그 무엇을 발견한 것에도 관심을 기울인다. 이미 익숙한 것을 예사로 넘기지 않고 찾아내는 부지런함이 새로운 인식의 발로라 할 것이다. '베란다 한쪽에 무심한 화분 하나'에 눈길이 가는가 싶었는데 곧 '아무도 모르게 새싹들이 돋았'음을 알았다. 아주 작은 생명의 존재를 일으켜 낸 '새싹'은 딱 그때 그 순간에만 만날 수 있는 아주 작은 생명의 환희이다. 그 누구도 애써 염탐하지 않았는데 그 누구도 말을 걸거나 아는 척하지 않았는데 시인에 의해 그 존재가 순간 빛을 발한 것이다. '낯 설은 방문객 같아 유심히 들여다보'게 되면서 생명의 발현과 각별한 존재의 유무에 개입한 행위는 평소 시인에게 다져진 감성의 힘일 것이다. 시인은 한 걸음 더 나아간다. 낯선, 그 존재를 인지한 순간 단지 생명의 가치에만 무게를 두는 것이 아니라. 삶의 바탕을 이루는 즉 생명의 근간에 주목하고 있음을 파악할 수 있다. 아무리 '척박한 땅에서도 꼿꼿이 세운 줄기들'은 지치지 않고 땅속의 에너지를 한껏 끌어올린 힘찬 생명임을 알아챈 것이다. 시적 자아의 세심함은 여기서 그치지 않고 '햇살 넣은 물 한 바가지 졸졸졸 뿌려'주며 그 삶에 적극적인 개입을 한다. 시인이 본 것은 작고 여린 식물이 아니라 낯선 이국땅에서 땀 흘리며 열심히 살고 있는 '새터민'이 거기에 있음을 발견했기 때문이다. 그들이 어디서 왔건 그것은 그리 중요하지 않다. 그들이 애써 기어이 살고자 한 곳에 힘껏 뿌리를 내리고 있다는 것에서 눈부신 생명성을 발견한 것이다. 시인이 '새싹' 이라는 작은 존재들을 통해 눈부시고 건강한 삶의 무게를 건져 올렸다는 것에 남다른 시선을 발견하게 한다.

'무심코 튀어나온 한마디 씨앗 되어// 제 길인양 뻗어 나와 무참하게 밟힌다// 스스로 멍이 들고도 줍지 못한 소문들' 작품 「잡초」에서 시인의 시선은 스스로를 경계하는 모습을 보인다. 그것은 '나의 것' 이기도 하며 '너의 것' 이기도 하다. 별다른 생각 없이 던진 말들이나 예사로이 여긴 말들이 우리를 옭아매는 자승자박의 결과를 가져온다는 것임을 예리하게 주목한다. '잡초' 가 가진 하찮은 존재에서 살을 에는 예리한 칼날을 발견한 것이다. 시인만의 시선이 아주 자연스럽게 '나' 와 '너' 를 넘어서 사회적으로 확장됨을 알 수 있다.

한편 시인에게 펼쳐진 또 다른 세계는 현재적 자아를 찾는 일이다. '멈추는 게 아니고 숨 고르기 하는 날/ 버리는 게 아니라 묻힌 걸 찾는 날/ 제 모습 제자리에서 돌아보는 그런 날' 「돋보기」(전문)에서는 반성적 자아를 확인할 수 있다. 생존하는 동물들은 시간이 지나면 예외 없이 눈이 퇴화한다. 그 삶의 기간이 길어질수록 더할 것이다. 사람의 경우 돋보기라는 도구를 방패로 삼아 발 앞을 헤아리려 한다는 것이 다를 뿐 자연의 이치에 순응할 수밖에 없다. 시인은 자신을 잘 알고 있다. 지난 시간을 돌아보고 현재를 파악하고 돌아보며 부단히 애를 쓰는 것이 그렇다. 「돋보기」라는 도구를 통해 문득 자아를 돌아보고 현재를 인식한다. 실상 돋보기를 통해 본 세상은 그 이전의 세상이 아니다. 내가 놓친 것이 무엇인지, 지나친 것이 무엇인지, 나는 누구인지를 다시 확인하는 과정을 만나게 하는 중요한 매개물의 결정체다. 돋보기는 사물을 좀 더 분명하게 인식하는 것에 도움을 주기만 하는 문명의 산물에 불과한 것이 아니다. 돋보기는 시인의 현실과 잃어버렸거나 잊힌 과거의 시간과 서로 얽힌 관계의 시간까지 이어주는 매우 고마운 도구임을 알아채게 하고 한 걸음 더 나아가게 하는 에너지라는 것을 시인은 알았다. 시인은 이 모든 것은 일상에서 일어나는 매우 자연스러운 일이라는 것을 말하지만 그렇지 않음을 눈치채게 한다. 돋보기를 어떻게 받아들이며 사용하고 있는 것인가에 따라 그것은 각각 다를 수 있으나 시인에게 있어서 그것은 은유적이고도 깊은 반성적 성찰로 이어지고 있다는 것에 주목하지 않을 수 없는 것이다.

3.

밉다 싫다 되뇌이다

어린 새싹 놓쳤습니다

뜬구름 쫓느라고
만개한 꽃 못 봤습니다

가슴 속 불덩이 품고서
스스로 자멸합니다

—「잘못 든 길」 전문

동구 밖 장승처럼 우두커니 기다린다

이제나 오시려나 저제나 오시려나

불안도 시비하다 사라지고

심술도 놀다 간다

개울 건너 오시다가 신발 하나 빠뜨렸나

내 임은 아니 오고 땅거미만 밀려온다

재 넘어 시오리 읍내 장

천 리보다 멀어라

—「어머니」 전문

울 밑에 줄지은 푸성귀들 빛을 잃고

감나무 가지에 앉아 재잘재잘 콩새들

안부는 아랑곳없이 먹이 찾기 바쁘다

반쯤 열린 창문으로 엄마 냄새 훑어낸다

그리움도 지쳤는지 먼지도 돌이 되고

장롱 속 쌓아둔 비단 금침 색 바랜 지 오래다

—「늙은 친정집」 전문

누구에게나 일상을 산다는 건 앞만 보고 달리는 데 있지 않다. 걷거나 서 있을 때조차 제 자리에 서서 주변에 함몰하며 사는 것에 있지 않다. 때때로 자주 개인이 처한 현실에 급급하거나 종종거리며 가까운 미래에 마음을 졸이기도 하지만 대체로 발밑을 들여다보며 걷거나 달리거나 멈춰서 기다릴 줄 아는 시간의 한 조각이다. 저마다 주어진 시간은 각각의 사정에 따라 펼쳐지고 너울지며 흩어진다. '밉다 싫다 되뇌이다/ 어린 새싹 놓쳤습니다// 뜬구름 쫓느라고/ 만개한 꽃 못 봤습니다// 가슴 속 불덩이 품고서/ 스스로 자멸합니다' 「잘못 든 길」에서도 시인은 뒤를 돌아본다. 앞을 향해 달리면서도 뒤를 보고 있다. 짧은 한 편의 작품에서 시인의 전 생애가 만져질 듯 하여 다시 주목하게 한다. 응축된 짧은 시어에서 시인의 궤적이 보이는 것이다. '밉다 싫다 되뇌이다' 를 살아온 시간과 그 시간에서 정작 아주 중요한 '어린 새싹 놓쳤' 음을 고백한다. 그 이유는 아주 분명하다. 마냥 '뜬구름' 을 쫓은 시간을 보냈다는 것을 비로소 인지했다는 것이다. 그 결과 '만개한 꽃' 을 볼 수 없었음도 인정해야만 한다는 것이다. 이즈음 시인은 알았다. '가슴 속 불덩이' 로 남은 그 시간과 에너지와 많은 일들을 놓쳤음을 '자멸' 이라는 강한 어조로 자탄하는 것조차 시간이 필요했음을. 이 모든 것을 진작 알았으나 그것이 가슴 깊이 닿기까지 시간이 너무나 많이 걸린다는 것을. 시인은 그래서인지 한편으로는 홀

가분한 느낌마저 갖는 것다는 것을 확인할 수 있다.

한편 시인의 가슴 깊이 똬리를 튼 어린 날의 긴 기다림의 시간도 있다. 그것은 시인을 들뜨게도 하고 바닥으로 가라앉히게도 하는데 '동구 밖 장승처럼 우두커니 기다린다/ 이제나 오시려나 저제나 오시려나/ 불안도 시비하다 사라지고/ 심술도 놀다 간다// 개울 건너 오시다가 신발 하나 빠뜨렸나/ 내 임은 아니 오고 땅거미만 밀려온다/ 재 넘어 시오리 읍내 장/ 천 리보다 멀어라'(「어머니」 전문)의 작품을 통해 만날 수 있는 것은 여전히 체기처럼 가슴에 얹힌 '어머니'라는 절대적인 존재를 다시 들여다보는 것에 있다. 세상 모든 사람은 어머니가 있으며 그 존재에 대해서는 우월을 가리지 않는다. 절대적이기 때문이다. 이 세상에서 존재의 시작이 비롯된 거대한 우주이기 때문이다. 이 작품은 아마 시인의 어린 날의 한 때일 터인데 유난히 가슴에 맺힌 풍경의 한 장면일 것이라 짐작된다.

시인의 현재적 자아의 시선에서 '어머니'의 연작과도 같은 작품 「늙은 친정집」에서도 시인의 존재와 정체성의 개연성을 찾을 수 있다. 누구나 어느 정도의 연배가 되어서 '아버지'나 '어머니'의 존재를 새삼 드러내는 것은 그만한 이유가 있는 법이다. 이것은 아무리 강조해도 상투적일 수는 없다. 이는 이 세상에 태어나서 죽을 때까지 부모라는 절대적인 존재를 벗어날 수 없기 때문이다. 개인에 따라 다르겠으나 어느 정도의 연륜에 이르러서는 굳이 드러내지 않을 뿐이지 그 심지는 가슴속에 오롯이 남아 있음을 공감할 것이다. '울 밑에 줄지은 푸성귀들 빛을 잃고/ 감나무 가지에 앉아 재잘재잘 콩새들/ 안부는 아랑곳없이 먹이 찾기 바쁘다'의 전반부 내용을 통해 현재적 상황, 즉 지금 여기의 가을 풍경을 보여준다. 추억을 소환하기 위한 도입부는 늘 그렇듯 현재의, 눈앞의 어떤 특별한 상황이 펼쳐지기 마련이다. 자연이 만들어낸 풍경이란 대체로 식물이거나 동물이 개입하면서 입체적이고도 유동적으로 변환하는데 그것은 다시 그 어떤 시간으로 이동함으로써 확장하게 된다. 생동하는 존재, 즉 개인이 간절히 보고 싶어 하는 것 중, 기억의 그 어떤 것을 건드려줄 때 가라앉은 내면의 세계가 합일하면서 새로운 장면으로 확장하는 특징을 만들어낸다는 것이다. 작품 「늙은 친정집」이 그렇다. 전반부와 다르게 후반부에서 '반쯤 열린 창문으로 엄마 냄새 훑어내'는 것으로도 쉽게 파악할 수 있다. 그것은 다시 기억 속에 내장된 그때의 세계로 이동하면서 '그리움도 지쳤는지 먼지도 돌이 되고/ 장롱 속 쌓아둔 비단 금침 색 바랜지 오래다'라는 절절한 가슴 속의 감정의 응어리를 확인하면서 그때의 그 시간은 현재의 시간과 동일한 선에 놓이는 것을 알 수 있다. 이제 많은 시간을 보낸 시인은 그때의 시간을 훌쩍 뛰어넘으며 현재로 되돌아오는 과정에서 말하고 싶다. '늙은 친정집'이라는 대상을 통해 그때의 풍경이 만들어낸 미완의 존재와 정체성을 확인하고 싶은 것이다. 이제는 많은 시간이 흘렀으나 '나'의 근거는 그 풍경이 만들어낸, 그때의 그 시간이 만들어낸 것임을 '어머니'라는 존재를 통해서만 가능함을 보여주고 있다는 것을 이 작품은 말하고 있다.

4.

다소 늦은 시 창작에 뛰어든 이들은 대체로 공통점을 갖는다. '나'를 관통하는 시간에 대한 절절함, 자아 확인, 지난 것에 대한 섬세한 터치의 감성을 여전히 놓지 못한다는 것과 현재를 정말 열정적으로 살아가고 있다는 것이다. 틈만 나면 열심히 걷고 뛰는 것은 사람들이 가진 숙명이고 운명이라 할 수 있으나 가끔 지치게 마련이어서 엎어진 김에 쉬어간다든지, 멈출 수 없는 운명에 걸려든 수레바퀴의 인생이라든지, 칼을 빼 들었으니 무엇이든 베어서 결과물을 만들어내지 않으면 안 된다는 숙명의 길을 저 스스로 놓지 못하는 사람들로 가득하다. 바로 그것이 사람들의 숙명이므로 그렇지 않을 수가 없다는 것이 옳을 것이다. 이영희 시인의 시편을 읽으면서 느낀 것 또한 그러하다. 그의 작품 '이정표 따라가다/ 코앞이 장벽이다//아무것도 없었다/ 안개도 먹구름도// 잡념이 막고 있으니/ 길 없음이 분명하다(「길」)' 에서는 쉬지 않고 열심히 걷고 뛰었으나 번번이 좌절한 시간을 만난다. 부지런한 시인의 성정을 확인할 수 있게 한 작품이면서 한편으로는 여전히 현재진행형의 삶을 끈질기게 살고자 하는 긍정의 성정을 확인할 수 있다. 특히 '안개도 먹구름도' '잡념이 막고 있으니' '길 없음이 분명하다' 는 유려하고도 아주 좋은 표현은 시인의 역량을 짐작하게 한다.

길은 어디에나 있고 어디로든 향하게 하지만 '한평생 놓지 못한 끈질긴 얼굴들/ 농익은 긴 세월은 더 이상 썩지 못해/ 가슴 속 묻어둔 비밀 요양원의 일상이다(「종점 가는 길」 전문)' 에서는 노년에 접어든 사람들의 현재적 일상을 여과 없이 보여주면서 그 길이 이제 어제의 길이 아님을 확인한다. 집이든 요양원이든 노년의 삶은 쇠락을 동반한다. 앞의 「길」의 또 다른 풍경을 보여주고 있다. 이때 시인은 다시 현재를 전환한다. ' '여린 새순 향기 담아/ 찻잔 속에 띄워 놓고/ 짙은 잎 살찌워// 중작에 올려 두고/ 못다 딴 짙푸른 잎들/햇살에 말려 둔다(—「내일」 전문)' 에서 카타르시스를 보여주고자 한다. 열심히 뛰고 걷던, 꾸준히 걸어가던 길을 멈출 수 없는, 절대 포기할 수 없는 또 다른 생명의 길을 안내한다.

그동안 뛰고 걷고, 달리고 멈추면서 만들어낸 물리적인 시간이지만 '나' 만의 삶을 끝까지 긍정의 시간에 두고 싶은 열망을 확인한다. 어지간히 걸어왔으니 지칠 만도 하지만 '해거름 다되어 긴 걸음 돌아본다/ 까치발로 달리느라 무던히도 애썼다/ 반평생 육십 넘은 후반전/ 지각해도 뛰어볼까' (「문득」 전문)' 하며 시인은 여전히 현재 진행형임을 이 작품을 통해 재차 확인하고자 하는 것이다.

이영희 시인의 작품을 읽으면서 그가 말하고자 하는 것은 대체로 밖에 있지 않고 안에 있음을 보았다. 내면의 세계가 활짝 열려 있음을 확인한 것이다. 한편으로는 끊임없이 현재 진행형의 삶을 살고자 애를 썼음을 시편 곳곳에서 발견할 수 있었고, 그 확인은 마치 씨앗이 발아할 때를 기다린 것처럼 읽으면서 조금씩 움직이는 것을 본 듯도 하였다. 작품을 능숙하게 쓴다는 것이 무엇인가 하는 생각을 하게도 하였다. 열심히 달려왔던 오랜 날들을 통해 시간을 두고 숙성할 수 있게 가꾼 '나' 의 세계를 한 편 한 편, 작품으로 현현하는 것은 결코 쉬운 일이 아니다. 내 삶이, 나의 시간이, 나의 발걸음이 활자로 변환한다는 것은 또 다른 세계로의 진입이며 확장이다. 이영희 시인이 나만의, '나' 의 세계가 발아하기 위해 견딘 역동의 시간을 다양하게 보여주었다는 것과 충분히 더 좋은 작품을 기대할 만한 큰 강점을 보여준 것에 힘을 보탠다.